ENGAÑO MASIVO

«A veces la verdad oculta una Gran mentira»

ENGAÑO MASIVO

«A VECES LA VERDAD OCULTA UNA GRAN MENTIRA»

JorGe Raúl Tonietti Aboy

Título Original: Engaño Masivo (registrado)

2018 Jorge Raúl Tonietti Aboy

Autor, Jorge R. Tonietti

Libro: *Engaño masivo*

Un relato que atrapa, un viaje audaz, el autor navega por las miserias humanas, la codicia sin límites, lo que nos creemos, o mejor dicho, lo que a veces nos venden como realidad y termina siendo una mentira al servicio de sucios intereses complejos, difíciles de imaginar. Rosa una realidad comparativa y se hunde en lo más oscuro del ser humano, en donde el único ideal es el poder. Una visión pragmática y apocalíptica, con reflejos de la actual desvalorización del ser, solo vale el dinero, no importa cómo conseguirlo.

Un simple juego y una osadía, destapan una mentira mundial, que esconde poder y dinero, la eterna rueda de corrupción humana, las élites que gobiernan el mundo nunca descansan, en ningún idioma, hasta que alguien pone en riesgo su integridad física, para salvar vidas ajenas, en pos del bien, de plantarle cara al maligno, pero nadie se quiere mojar,
"La Política es lo Primero"
Hasta que las pruebas, aplastan las oscuras noticias que nos tragamos en el día a día hasta el hartazgo como una realidad verdadera, y no lo es…
"No creas todo lo que oyes ni todo lo que ves, puede estar fraguado para manipularte"
Solo los inquietos piensan distinto, discrepan, leen entre líneas y ven otra realidad, aunque
A veces no puedan hacer nada para cambiarla, o tal vez si…

Somalía, Kismaayo, 29 de junio del 2016, tarde noche

Un grupo de niños jugando al fútbol en un aparcamiento de camiones, lindero a una estructura muy grande (ventanas distribuidas en alto, cristales rotos, antigua fábrica abandonada, con chimeneas cuyas siluetas marcan el paisaje). Después de algunas peleas y discusiones de juego, el balón nuevo atraviesa una de las ventanas cayendo dentro de la nave, mientras una gran polvareda avisa el pasode dos todoterreno por una calle lateral, los temidos guerrilleros armados que controlan la zona cruzan sus miradas. El convoy no se detiene, mientras los niños desaparecen de allí rápidamente, solo quedan dos, uno de ellos haciendo señas para que lo siga, el notablelíder se dirige a la parte trasera de la gran fábrica, un portón con cadenas y candado imposible de franquear, pero un espacio diminuto entre el suelo de tierra lo anima a intentarlo, es tanta su delgadez que logra pasar al interior, mientras su compañero grita: «Apúrate, si alguien nos ve tendremos problemas». Ya es casi de noche, camina entre restos y máquinas de todo tipo, una gran cantidad de palomas asustan por sus aleteos ruidosos repentinos, después de dar muchas vueltas, balones esparcidos, detrás de un mueble raro oestantería, la que buscaba, debajo, una tapa muy grande aparente demadera que se mueve al pisarla, cosa que hace para acceder, produciendo un tambaleo, cae la estantería al suelo, un ruido estrepitoso rompe la calma en la zona, vuelan palomas, polvo, se vierten cosas, y como puede la coge, junto a ella algo que le llama la atención. Huye corriendo de la escena terrorífica casi paralizado, por el mismo sitio que entró, ya es noche oscura, de un golpe logra pasar el balón sobre el portón marchándose con el hallazgo entre sus manos, busca un sitio con luz, es un teléfono.

Oficina encubierta de la CIA Nueva York

Sala muy grande de trabajo, computadoras y monitores gigantes para conferencias, nivel 4 de seguridad, gente sentada en sus puestos, cada uno con funciones diferentes de alguna parte del mundo, pero trabajo relajado, muchas misiones abortadas por la proximidad de elecciones presidenciales y nadie quiere complicaciones políticas, ni enredos hasta que se aclare bajo qué mando seguirán en esta oficina, pues los grandes se disputan la jefatura de la agencia enfrentados por seguir a candidatos presidenciales distintos.

40 minutos para marcharse, salta una alarma con aviso encriptado de seguridad 5 en el sistema, cosa que el agente Liam sin saber de qué se trata, avisa a su jefe Charly Rods por teléfono que no está en la oficina, mediante un algoritmo le transfiere la alerta. Charly con nivel de seguridad 5 solo puede ver que tiene fecha abril del 2012, pero no logra leerlo por tener contraseña de encriptación (le llama la ATENCIÓN) pero vuelve a cerrarlo y lo devuelve con la orden de archivo.

Cuartel de entrenamiento militar de Kenia fuerzas gubernamentales, mañana muy temprano, con sol y calor insoportable

Tom es un militar estadounidense de rango y condecoraciones por actuaciones en conflictos, retirado de los Seal, Trabaja en una empresa privada contratada para entrenar fuerzas de Kenia. Tiene un grupo de 20 militares locales que lo irritan hasta la extenuación por su dureza en aprender tácticas, aunque los soldados ponen voluntad, en lo físico, van muy bien, pero en el planeamiento no. Le avisan que tiene una llamada, se dirige a una oficina (barracón) cercanaal campo donde no para de volar mucho polvo.

Tom—¿Hola?

Jhon—¿Cómo estás hermano?

Tom—Qué gusto escucharte…, estoy muy bien, se echa de menos todo…, pero al pensar que mi estancia aquí es temporal me calmo y cuento los días que faltan para marcharme ¡y eso que ahora estoy acompañado! Ja, ja, ja.

Jhon—Me enteré que la teniente Sharon está contigo.

Tom—Sí, logré convencerla, desde que llegó, ya casi un año, todo cambió, los lleva a raya a estos, vino bien por que logró un comando de mujeres que son muy buenas, como la guardia pretorianadel libio… con ellas me voy a cualquier guerra ja, ja, ja.

Jhon—Iré a ver a Silus por algo para mí en alguna parte…

Tom—¿Por qué no te vas con tu mujer a ver mundo, o ya lo dejaron?

Jhon—Mi mujer se fue, me abandonó y no la juzgo, fueron muchos años con mi trabajo, con el que también me casé y entregué toda mi vida, no podía compartir con ella misiones de meses, un perfecto desconocido cuando llegaba a casa, un trabajo que no es compatible con una familia y no lo sabía, y nadie te dice que es el precio que hay que pagar en esta profesión, después   de   meses

11

viviendo como extraños (te dejas vencer rápidamente), y aunque pusimos voluntad no funcionó y se marchó…

Tom—¿Y tus hijos, qué dicen?

Jhon—Mis hijos con sus vidas, sus hijos, están muy ocupados y yo aquí buscando cosas para hacer en mi garaje, pero me cansé, mañana iré a las oficinas de tu empresa a intentar un empleo para instrucción, como tú, en alguna parte o lo que me designen, necesito estar ocupado…

Tom—Lo siento, hermano, todavía me quedan varios meses para acabar aquí, iré a casa de vacaciones hasta que me asignen otra misión, quiero sentir la brisa fresca del río en mi cara, cogemos la barca y nos vamos de pesca, lo prometo… Tengo que dejarte, un abrazo, estamos en contacto…

Washington DC, 5 de julio por la mañana

Empresa contratista de servicios de seguridad en el exterior

Todos los que trabajan allí son exmilitares que por algún motivo dejaron la fuerza y se alistaron en la contrata privada.

Jhon, entrando a las oficinas de la empresa, dirigiéndose a recepción. Detrás de un vidrio cuatro jóvenes riéndose, uno da la vueltay le pregunta:

Empleado—Dígame, ¿qué se le ofrece? Jhon—

Buenos días, ¿Silus se encuentra? Empleado—No,

¿por?, ¿quién lo busca?, ¿lo conoce?Jhon—No lo

conozco, en realidad me lo refirieron.

Empleado—Ok, ¿pero para qué lo busca?, ¿es por trabajo?

Jhon—Tengo varios amigos aquí trabajando y…

El empleado lo interrumpe muy malamente y le dice:

—Abuelo vaya a casa a jugar con sus nietos mientras pueda, aquí trabajamos con marines, esto no es un geriátrico…

Jhon, con una sonrisa va a dar vuelta para irse…, pero se le acerca como un rayo en fracción de segundos, muy rápidamente. El empleado sorprendido quedó paralizado…

Jhon—Sin que te dieras cuenta podría haberte matado, solo con mis manos. —Llama un teléfono—. Cuida tus palabras niñato, nunca sabes con quien estás hablando…

Marchándose rápidamente, atiende su teléfono. El empleado queda mirándolo aún con el susto en el cuerpo, ya en la acera… Del otro lado de la línea:

Charly Rods—Buenos días, tu antiguo jefe te saluda, ja, ja, ja, y seguro que no me esperabas.

Jhon—Se quién eres Charly, me dejas sorprendido, no sé nada de ti en mucho tiempo, pero claro, ¿estás muy ocupado para hablar con un retirado?

Charly—Tienes razón, en este trabajo nos convertimos en objetos y dejamos de ser personas, pero mira…, así son las cosas…, te hablo por una alerta en el sistema, fechada abril del 2012, ¿con tu firma y contraseña encriptada?, que empezó la semana pasada y ya van 6 iguales, por lo que no puedo abrirla…, pasaron cuatro años ¡y todavía la cagas! ¿Contraseña? ¿Para quién trabajabas? Uf…

Jhon—¿Abril del 2012?, en julio del mismo año me fui de la agencia, o me mandaste a casa mejor dicho, no sé, no se me ocurre nada, déjame pensar…

Charly—Lo hemos hablado muchas veces, no sigas con ese pensamiento, quizás es un buen momento para vernos. ¿Estás ocupa- do?, ¿puedes venir?

Jhon—¿Dónde estás, sigues en Nueva York?

Charly—Sí, de momento.

Jhon—Me tomas por sorpresa, pero sí, iré…, me apetece un viaje por allí después de 4 años… Cojo el primer avión…

Charly—Te mando a buscar al aeropuerto…

Avión aterrizando en Nueva York…

Jhon entrando al edificio, con escoltas enviados, observando todo, sube a los ascensores, llega a la planta indicada, se acerca al despacho principal asomándose por la puerta que está abierta y riéndose hace señas de saludo, mientras Charly, hablando por teléfono, visiblemente muy enfadado con el del otro lado de la línea, corta la llamada, respira, se pone de pie e, intentando una sonrisa, camina hacia la puerta. Jhon entra al despacho sonriendo… Se saludan muyefusivamente, con alegría.

Jhon—Veo todo muy cambiado, ¿qué pasó por aquí? Y tú te ves muy viejo, ¿qué te ha pasado? Ja, ja, ja.

Charly—La vida no fue tan benévola contigo tampoco eh ja, ja, ja. Sí, efectivamente hice cambios, nos iban a mudar de edificio, como lo venían haciendo cada cuatro o cinco años, y me dijeron que un año más, así que empecé los cambios, ya no aguantaba más este agujero… con lo incómodo que lo veía antes, ahora está más organizado en cuanto a espacio físico, por lo menos así lo veo yo…

Compartiendo café recuerdan varios casos en situaciones que fueron muy graciosas, recuerdos marcados en sus retinas, hasta que entran en tema.

Jhon —Dame un puesto conectado al sistema.

Charly—Coge el mío.

Jhon—Ok. Dame clave de seguridad 5, si no, no podré…

Charly—Coge esta clave fantasma, expirará en 30 minutos. Antes, por protocolo, tienes que entregarme tu móvil apagado y lo que lleves de electrónica, pues, aunque fuiste uno de los nuestros, ahorano lo eres, y si mis superiores se enteran, iré contigo a pescar por muchos años… —Retirándose—: ¡Quiero saber qué coño son esas6 alarmas ahora!

Liam, acercándose al despacho, le indica:

—Van 13, señor.

Mientras Jhon se pone en marcha, escucha las ordenes de su amigo y…

Jhon—¡Joder!, hogar dulce hogar, ya echaba de menos todo esto…

Abriendo la alarma trata de recordar la contraseña, hasta que después de varios intentos acierta, logra abrirla y uf, queda helado leyendo… Le viene a la memoria todo el caso… Es un programa de gusano que el mismo mandó a construir, un algoritmo encriptado oculto en el sistema, con los imei, números de serie de teléfonos celulares, de un total de 164, ya 13 empezaban a cobrar vida después de 4 años, mientras buscaba dentro del caso archivado y recordaba detalles, saltan dos alarmas más, llama a Charly que al entrar cierra la puerta.

Jhon—¿Te acuerdas del avión estrellado en el índico el 2012?

Charly (sentándose frente al escritorio)—Sí, claro, un caso extraño… Nos mandaron ocuparnos de su localización a nosotros…eso nunca había pasado, no nos dedicamos a buscar cosas perdidas…

Jhon—Durante su búsqueda, mandé a construir un programa donde cargué cada teléfono que iba en el avión, recuerdo que los rastreamos por cada compañía, usuario, con asociación a los de sus familiares y contactos…

Charly—¿Y eso qué tiene que ver?, aparecieron en el mar los restos de avión que se estrelló y el caso se cerró, si mal no recuerdo, se archivó… Tú…, sin consultarme nada hacías y deshacías a tu idea…, después venían los cargos de gastos o quien ordenó tal cosa y me las veía negras… Recuerdo cosas buenas vividas, pero también las terribles broncas que me hacías dar, uf…

Jhon—Lo que tú digas, pero si ese avión cayó al mar como así quedó reflejado en la investigación, cosa que nunca me tragué, dos días después dos números seguían en línea, explícame esto… Con este programa, podemos activar la cámara del terminal, ubicación, todos sus archivos, lista de teléfonos, con que números habló desde que lo adquirieron… todo… y vimos que seguían hablando desde el avión… Esa persona tenía antecedentes de terrorismo en Filipinas y no recuerdo qué cosa más… —Mientras hablan, le hace ver en la pantalla la foto de un periódico local de la época donde se ve un pesquero, su nombre, que es de día, la fecha, un pescador des- de arriba del barco tirando de una red de pesca gigante engancha- da a unas partes de avión, ampliando la imagen, parte del número del aparato—. El caso mandaron a archivarlo y se cerró… ¿Cómo pueden rescatarse y activarse 15 teléfonos? Hasta este momento, y que arranquen como si nada… después de 4 años, o…, nunca se cayeron al agua.

Charly—Mira, es un caso cerrado a petición del gobierno de bandera, de las compañías y de todos los intervinientes. Recuerdo que hasta al seguro le salía más barato indemnizar que seguir con la investigación y la búsqueda, cada cosa que se decía levantaba am- pollas a sus gobernantes, aunque todo fue muy raro realmente…, pero…, ¿de qué nos sirve reabrirlo e investigar ahora? Por curiosidad, ¿qué localización tienen las alarmas?

Jhon—Ahí está lo siguiente raro…, mira… —Activa el programa de localización, se amplía automáticamente al mapa del mundohasta el punto… oeste de Somalia… mismo país, la misma zona que el pesquero encontró las partes de avión… en el Índico.

Charly lo interrumpe:

Charly—Nada, nada, déjalo…, no quiero saber nada de ese país, ya sabemos lo que pasó con los Black Hawk… Ni hablar…, caso cerrado… No traerá nada bueno reabrirlo…, no sirve de nada…, y además, tengo órdenes de no meterme en ningún caso mediático, y este vaya que lo es… Hasta que pasen las elecciones…, todos nuestros agentes lo único que hacen es espiar a rivales políticos electorales, ja, ja, ja (para lo que quedamos), ja, ja, ja…, para tirarse en la cara uno al otro en la tele o en alguna red social… ja, ja, ja.

Jhon—Te propongo algo…

Charly—No, no…, déjalo…

Jhon—Escúchame primero y después me contestas… Tú me llamaste… por eso estoy aquí…

Charly—Te escucho…, pero no te hubiera llamado si no hubieras ocultado información encriptada con contraseña…, esa acción es contraria a la reglas de la agencia y lo sabes…

Jhon—Me devuelves en el cargo (sin excusas porque tú puedes hacerlo), un avión, 10 o 15 chicos Seal con armamento que me acompañen y un poco de dinero para movernos… —Charly se ríe mientras Jhon habla—. Contactos en la zona e inteligencia local, y asegurar la evacuación por mar. Si estoy en lo cierto, va a ser un caso que explotará en todos los medios del mundo, levantará una gran polvareda, esta agencia estará en la cumbre, te ascenderán, que es lo que estás buscando, y yo volveré a mi trabajo del que no debería haberme ido… ¿Qué opinas?

Charly—Dime en qué te basas para estar tan seguro… Pueden ser duplicados de serie, no olvides la saturación que hay, siempre va a más…, el colapso está anunciado…

Jhon—Investigué al comandante en su momento y nunca me quedé tranquilo con su currículum, un tipo que fue piloto de guerra para la OTAN, entrenado para las situaciones más extremas,
¡salió de allí con dos condecoraciones que después le quitaron por su conducta no decorosa! ¡Un tipo que por dinero vende a su madre!¡Un mercenario!, ¿se mete a piloto comercial?, ¿se pone un simulador de vuelo en su casa, del mismo modelo de avión que pilotaba? Y al poco tiempo desaparece su avión de todos los radares, desconectaron los dispositivos de seguimiento manualmente, que no lo hace cualquier piloto porque hay que saber mucho en cuanto al funcionamiento… Un tipo entrenado para volar a ciegas… El aparato queda como un fantasma y se esfuma, se evapora… Donde viajaba… un físico nuclear de relevancia internacional ¡que valía

millones de dólares! Un tipo que se lo disputaban varios gobiernos del llamado «eje del mal», por tu amigo presidente…, también tenía la certeza que iba oro, y mucha cantidad, aunque todo el mundo lo negó y no pude precisarlo… Hoy, después de 4 años, empiezan a vivir los teléfonos que iban a bordo… Nada encaja…, eso sí es una certeza…, tú lo sabes.

Charly—Déjame pensarlo… Salgamos de este agujero…, te invito a comer.

Jhon—Acepto, devuélveme mi teléfono y vámonos.

A la semana siguiente lo vuelve a llamar por línea segura, cuando van 32 alertas…

Charly—Te digo como haremos…, no hay un puto dólar, juega con la tuya…, puedo ayudar con algo, pero no te lo tomes muy en serio… Si la operación sale bien, me ocuparé de que la agencia te devuelva hasta el último dólar, si sale mal…, pierdes tú…, no hay Seal ni armamento…, busca algún amiguete retirado que eche de menos un poco de acción…, o tu antiguo equipo… Te pasaré un contacto que tenemos en Kenia, te dará apoyo logístico y comunicaciones, te ayudará, pero no entrará en acción… Pongo esta oficina a tu servicio, previo filtro mío claro, para eso soy el jefe… Nada más… Tú actuarás por libre, independiente, esta operación no es oficial. Si mueres, tú o tus chicos…, (espero que no)…, no quiero ninguna pista que nos involucre… La agencia no te pagará…, por-que no trabajas aquí, ¿lo recuerdas? Antes de irte, haz una carta a tu familia, que yo me ocuparé que la reciban si es el caso…, como en los viejos tiempos… Si sale bien…, te devolveré en el cargo…, este será tu despacho… y los jefes sabrán que fue iniciativa tuya… Puedo solucionarte lo del transporte, lo tendré listo… Sigo pensando en que la vamos a cagar… Espero que no… Tu nombre de contacto será Intruso…, ¿está claro? Ah, y también te conseguí un ojo en el cielo, solo para informar…, estaremos en directo siguiendo la operación, será muy difícil entrar por tierra en Somalia, y por mar es impensable, allí no nos quieren ver, es más nos odian… Hay que ir preparados, compañeros de otra oficina colaboran con una máscara para entrar con tus chicos por tierra y algunos juguetes…

Jhon—Tres días… Charly—

Tendré todo listo…

Caminando por la calle con mucho tráfico llama a Marcus, ex-Seal, comandaba un grupo de operaciones y antiguo compañero. En la actualidad se gana la vida entrenando a grupos de policías de operaciones especiales.

Jhon—Marcus, ja, ja, ja, ¿cómo estás?

Marcus—Jefe…, me alegro de oírte…, qué dices, te estaba por llamar en estos días…

Jhon—¿Sí…? ¿Por?

Marcus—Nada importante, solo si tienes algo por ahí para hacer…, que no puedo con la vida civil… Lo de instructor me aburremucho…

Jhon—Ja, ja, ja…, sorpresa…, ja, ja, ja…, te necesito, y a cuatro o cinco más de los tuyos.

Marcus—Eso no es problema jefe, ¿cuándo?Jhon—

Ya…

Marcus—¿Es oficial?

Jhon—No.

Marcus—Ok…, dime dónde y si llevo algo.

Jhon—Área 750, tres días, trae las herramientas que puedas y dile a tus chicos que si hay problemas se quedarán allí, y eso también nos incluye…

Marcus—Como en los viejos tiempos eh, ja, ja, ja… Preparo todo y nos vemos en el punto de encuentro…

Otra llamada:

Jhon—Tengo buenas noticias para ti… La graduación para 5 o 6 de los mejores tuyos y el grupo de Sharon por supuesto…

Tom—¿Ya encontraste algo? Ja, ja, ja… ¿Sí? Qué bueno…, creo que no habrá problema… ¿Dónde?

Jhon—No es segura esta línea, 72 hs…

Aeropuerto de La Guardia, sector militar, noche, lloviendo

Acuden a pie de avión dos todo terreno con Marcus y sus chicos, Cajas militares y armamentos, se reúnen y presentan, todos subiendo por la escalerilla, se cierra la puerta y operación en marcha…

Aeropuerto de Liboi, Kenia, frontera con Somalia

Aterriza un avión privado en una pista de tierra levantando polvareda… Una vez desembarcados, se reúnen con el contacto Eduart, mientras Marcus y su grupo desembarca el armamento y revisan lotraído por el contacto…

Jhon—Necesito dos lanchas muy rápidas en punto de evacuación aquí —dice señalándole un mapa.

Eduart—Me lo pones difícil por lo complicado de la zona… Tengo a una pareja trabajando para nosotros cerca, veré qué puedo hacer y que no te vean salir, o tendrás la caballería allí…

Jhon—No te preocupes, montaré un señuelo por aquí. — Volviendo a señalar el mapa en un punto opuesto, para distraerlos y tener más tiempo de asegurar la salida…

Después de una hora de espera, a lo lejos se divisa una polvareda, es la señal de llegada de la teniente Sharon, Tom y sus grupos.

Arriban al encuentro, presentaciones del caso, armamentos y un camión frigorífico de mercancías que no entienden muy bien qué hace allí…

Jhon—Sharon, ¡pensé que no vendrías! ¡Cómo estás amiga!

Sharon—Cómo voy a perderme esta oportunidad con mis chicas…, muy bien, aunque con ganas de regresar a casa por un tiempo…

Jhon—Terminemos con esto pronto y nos volvemos… — Conectando su radio—: Necesito un paso fronterizo sin huellas, Tom, Eduart, ¿qué tenemos…? Liam, ¿me escuchas? Soy Intruso…

Liam—Alto y claro. Jhon—

¿Ojo en el cielo? Liam—

Afirmativo, por 9 horas.

Jhon—Latitud este, cerro kalé…, ¿está limpia?

Liam—Despejada.

Tom—Es la ruta del contrabando, por Libat no deberíamos te
ner problemas…

Jhon—Nos vamos…, una vez en la frontera, esperaremos la noche para entrar…

El convoy, un camión frigorífico con doble fondo, doble final
de interior, donde ingresan los equipos y su armamento, todos
comunicados entre sí, llevando en el tráiler un cargamento de
frutas, se ponen en marcha hasta que llegan al punto fronterizo
indicado, camuflando el convoy en una ladera montañosa, se paran
a esperar.

Cuatro horas después, entran en territorio Somalí, dirección
Kismayo, seguidos por el dron, noche estrellada, mientras van
acercándose a un punto entre montañas les avisan de la oficina que
hay un control de carretera, un grupo de personas armadas, aunque
no se ve bien con el infrarrojo, no se sabe si son rebeldes o fuerzas
militares oficiales… El convoy lo conducen dos chicos de Kenia,
para no llamar la atención.

Jhon—Preparados, frena sin miedos ni problemas, tranquilos…

Ya en el control, visiblemente son rebeldes reclamando el peaje… Se ponen delante del camión y en los laterales, alumbran con
linternas, uno se acerca al conductor, lo alumbra a la cara y le
pregunta:

Rebelde—No te tengo apuntado, ¿de dónde eres?, ¿adónde vas
y qué llevas?

Conductor—Al puerto de Kismayo, a entregar la carga.

Rebelde—¿El pase? No me avisaron que venías… Conductor—

Me contrataron hace pocas horas, dime cuánto. Mientras algunos

rebeldes se quedan en la parte delantera del

camión, el acompañante del chofer se baja para abrir la parte trasera y que puedan revisar… Momento de mucha tensión… Dentro, los grupos tapados y camuflados, bajo la atenta atención del dron y la oficina… Todo el mundo escuchando la conversación con los rebeldes, abre las puertas, hace mucho ruido, los rebeldes alumbran con sus linternas, el fusil cruzado detrás, y uno sube al camión, con dificultad, porque hay tanta carga que apenas puede acceder, alumbra como puede hacia dentro, los grupos camuflados, ni respiran, en ese momento el conductor baja dirigiéndose hacia atrás, llaman- do al líder rebelde, todos nerviosos, le vuelve a preguntar cuánto, mostrándole dinero, el rebelde se relaja y sonríe un poco.

Conductor—Me contrataron para cinco viajes más en los próxi mos días…, trátame bien…

Rebelde—Doscientos dólares por viaje…

Negocian hasta llegar a un acuerdo regateando, el conductor paga, le ayudan a cerrar el portón que no andaba muy bien, se hacen a un lado, el convoy sigue su camino en medio de la noche y lasatentas miradas de la agencia…

Puerto de Kismayo, primeras horas de la mañana

Un pescador llegando a puerto en moto como todos los días. Este es particular, no sale a la mar, no tiene mucho trabajo, deja su moto, se acerca al barco, no hay nadie en la zona, solo un camión frigorífico cerca. Cuando va a subir se ve claramente que es el barco de la foto en el periódico, sube a cubierta, abre una puerta para acceder a su interior. Cuando entra…, le tapan la boca y lo sientan, dentro elgrupo de Marcus con cámaras y Jhon.

Fuera, el otro equipo keniata camuflado de trabajadores, acerca el camión al barco, y empiezan a cargarlo con las cajas de fruta, en ese momento empieza una conversación dentro del barco.

Pescador—¿Qué pasa aquí? (Hablando en somalí).

Jhon—¿Hablas mi idioma?

Pescador—Sí.

Jhon—Solo quiero información… Te pagaré por ello así que tranquilo, son solo negocios para ti… Dime… —Le muestra la foto del periódico—: ¿Esas partes del avión, te las dieron y las llevaste tú al sitio que te dijeron, para llamar al guardacostas? O… te dijeron dónde encontrarlas…, cosa que no creo, ya que no duraríamucho su flotabilidad si tardabas en acudir…

Pescador—No sé nada.

Jhon—Mira, vinimos en plan de negocios, tengo dinero para darte, no somos asesinos ni queremos hacerte daño, es más…, te propongo ser mi socio, toma… —Le da un bolso con dinero—: Ten esto por ahora, habrá más después, solo cumple tu parte.

Pescador—No entiendo nada…, están todos armados…, tengo al ejército estadounidense en mi barco…, y…, ¿me das dinero por información?

Jhon—Sé que no tuviste nada que ver con el secuestro del avión, que eres un hombre de trabajo y negocios, no trapicheas, tienes tres

hijos, dos machos y una hembra… Se mucho sobre ti y tu familia…
—Mientras dialogan se escuchan ruidos en cubierta.

Pescador—Si son drogas o armas lo que están cargando, no entro en eso, no hay trato…

Jhon (riéndose)—Tampoco nos dedicamos a las drogas, ja, ja, ja. Las cajas contienen frutas, necesitábamos un pretexto para llegar aquí, solo quiero saber dónde están los pasajeros del avión.

Pescador—Si digo algo, Burkana me matará, y tengo una familia a la que mantener… También imagino que si no hablo, tendré problemas con ustedes. Joder…

Jhon—Si me dices lo que quiero, ganas dinero, mucho dinero…, nos vamos y nadie sabrá que vinimos.

Pescador—Tú mismo te contestaste la pregunta.

Jhon—Aclara…

Pescador—Balbuceando…, lo primero que has dicho… cuando llegue a la zona indicada, solté las partes del avión y las enganché con las redes, también esparcí asientos, ropa, se me hundieron un par de partes más…, después llamé al guardacostas… y ellos sacaron lo que no se hundió. Juro que no sé nada más, sabía que era algo gordo, pero nunca pregunto, aquí nunca se comentó nada, solo de los camiones que entraban y salían de la fundición…, que por lo que sé, solo se encargaron de fundirlo… Y ya no se supo más nada, nunca vi gente extraña ni nada, en este país si te interesas por los negocios del vecino, estás muerto…

Jhon—¿Quién es Burkana, dónde puedo encontrarle?

Pescador—Ja, ja, ja…, él te encuentra a ti… Esta ciudad oye y ve para él…, todo es de él… Ya debe saber que están aquí, y no tardarán mucho en llegar… Ese es el problema, no me creerán… Estoy jodido…

Jhon—Tranquilo…, nadie nos vio llegar y ya estamos recogiendo para zarpar… Tu tripulación está en cubierta…

Pescador—Entonces mandará a sus secuaces por la comisión de la carga y me preguntará por qué no avisé antes…

Jhon—Con dinero en mano no habrá más preguntas…, toma, esto es para él… Vamos zarpemos…, estará al tanto que veníamos, ya pagamos peaje a sus secuaces…

Pescador—¿Dónde vamos?

Jhon—Bajaremos aquí. —Mostrándole un mapa.

Pescador—¿Y las cajas de fruta?

Jhon—Después de dejarnos, sales mar adentro y las tiras al agua, ya nos encargamos de añadirle peso para que acaben en el fondo… Necesito una barca muy muy rápida, ¿puedes conseguirme una planeadora o algo parecido?, ¿dejarla camuflada en el punto que te indique, sin que nadie haga preguntas?

Pescador—Si hay bastante dinero, te conseguiré lo que quieras, como te dije antes, en este país nadie pregunta por los negocios ajenos… Oye…, si quieres que sea tu socio y me juegue la vida… tendrás que darme más dinero…

Jhon—Sabía que eras codicioso, pero no tanto ja, ja, ja. Ok, cuenta con ello, pero te digo, no me traiciones, o conocerás mi lado oscuro, odio decirlo pero también entrará tu familia si eso ocurre…, muchas vidas dependen de este trato… No lo rompas y estaremos bien… No olvides que somos los buenos, como tú y tu familia… Me ayudas y estaré contigo cuando me necesites…

Pescador—Si hay bastante dinero dejo esto y me voy lejos de aquí…, ya no aguanto más en este puto barco… trabajando muy duro para ganar monedas… Toda la ganancia se la llevan ellos…, apenas alcanza para comer…

Jhon—Me encargaré de ello…, tú me ayudas, yo te ayudo…

Vieja fábrica fundición, llegando la noche

Divididos en tres equipos llegan a la vieja fundición, equipo 1 ingresa por un lateral, equipo 2, keniata, toma posiciones en el exterior camuflados para dar apoyo, equipo 3, de Sharon, en segunda línea para asegurar la salida, el dron también está en el sitio. Durante el registro encuentran maletas y más pertenencias, el suelo de madera se mueve, es inestable, tal es así que se va abajo toda la plataforma de madera, causando una explosión. Uno del equipo cae a un sótano con túneles, cuando va entrando el niño en busca de más terminales celulares, se asusta al verlos, cosa que ellos no detectan, y sale corriendo. El equipo 2 ve el movimiento, lo comunican a Jhon, al ser un niño no saben qué hacer mientras lo tienen en la mira, en esa duda logra escapar, y avisa... A los 15 minutos llega Burkana con sus secuaces, toman posición como para exterminar al que salga dela fábrica..., el plan se adelanta...

El equipo 2 avisa—Tenemos visita jefe, son muchos y van llegando más.

Jhon—La misión es Burkana vivo, no lo olviden, tiene que llevarnos con los pasajeros del avión... Identificarlo y preparados... Montar una escena cerca, maniobra de distracción...

Liam—El dron solo está para mirar.

Jhon—Hacer algo o no saldremos vivos de aquí, ya tienen bastantes pruebas del fraude del avión estrellado, mira y enfoca la cámara en una caja llena de pasaportes de todos colores, ya es momento de declarar oficial la misión...

Uno del equipo sale de un canal donde corría agua para refrigeración y dice:

—Jefe, va afuera a una caseta del estanque...

Jhon—Vamos, nos movemos, carguen esto también y señala la caja con pasaportes, se meten en el túnel y salen en dirección a la caseta...

Burkana (gritando)—Hey, sabemos que están ahí, americanos, salgan y no los mataremos. Si tenemos que entrar están perdidos, morirán y lo saben…

El tirador del equipo 2 keniata reconoce a Burkana:

—Lo tengo jefe… Jhon—

Dame 5 segundos…

Apunta con un rifle de alto poder. Cumplido el plazo, dispara todo el equipo 1 a la vez, al mismo tiempo que empieza la balacera, un *sniper* keniata, apostado fuera del recinto, dispara un dardo en el cuello de Burkana. Al caer este, se produce un desconcierto entre sus filas, pensando que fue alcanzado por un proyectil y está mal herido. Presos de ira empiezan a disparar sin control ni orden todos juntos a la nave, otros de los suyos, lo cargan en un jeep y salen a toda velocidad en dirección al hospital, mientras el segundo al mando se queda con toda la tropa con la intención de matarlos a todos. El equipo 1 hace estallar un par de explosivos dentro de la nave creando más confusión, mientras el jeep que transporta a Burkana es interceptado en un camino por el equipo keniata. Se produce un intercambio de disparos, muriendo los guerrilleros y alcanzando con dos impactos a Burkana que se retuerce despertando de a poco de la anestesia y de los disparos que aparentemente no son graves. Lo cargan y salen a toda velocidad al punto de evacuación de la costa. El equipo de Jhon, con balas, explosiones y cortinas de humo que lanza el dron, logra abrirse camino, salir de la caseta, subirse a un camión y huir, en el momento que entra en acción el equipo de Sharon, ubicado en anillo para garantizar la evacuación. Mientras el dron sigue los acontecimientos de la persecución, los guerrilleros llegan también al punto de seguridad, repelido por el equipo 3 que hace volcar varias todo terrenos, y huir las pocas que quedan retro-cediendo para rearmarse, dejando más tiempo de ventaja, aunque a la hora de embarcar aparecen niños armados disparando sin dar tregua, balas por todos lados, un keniata muerto y un soldado del equipo de Jhon muy mal herido. Quitan una ramas donde se encuentra camuflada una planeadora lista para partir, suben todos entre los disparos, salen mar adentro a toda velocidad, los guerrilleros se comunican, y muchas lanchas piratas que ya estaban en el mar empiezan a navegar en dirección trayecto de planeadora, mientras el equipo de Sharon se dirige al punto de evacuación, llegando por retaguardia sin ser advertidos, disparan matando algunos guerrilleros de la costa hasta que logran embarcarse en la otra planeadora... Muchos disparos y lanzacohetes no pueden detenerla... Con posiciones tomadas, se acercan a la barca de Jhon apoyándose entre todos, lo- gran abrirse camino con fuego cruzado a toda velocidad hacia alta mar, dirigiéndose a un destructor (localizado por el dron) que patrulla la zona, de bandera española de la Operación Atalanta de la Unión Europea que se encuentra allí en aguas internacionales, con la misión de proteger barcos de transportes por los secuestros habituales.

Jhon pone comunicación con el comandante del destructor, se presenta y solicita permiso de aproximación, denegándola, y que no siga acercándose, por ser una amenaza abrirán fuego, es la res- puesta...

Jhon—Intruso a Liam, consigue el permiso ya...

Los somalíes disparan, andan en zigzag para esquivar los disparos, los equipos amarrados al barco mirando hacia afuera y disparándoles a los piratas, mientras siguen en dirección destructor, y sigue la vos de ALTO... Hasta que llega la contra orden de que dejen pasar la planeadora e impidan al resto... Las dejan acercarse, pero no abordar, con artillería hunden varios piratas que estaban tiroteando a las planeadoras, el resto de las barcas, menos una, da la vuelta dirección costa, el segundo de Burkana sigue adelante con 4 de los suyos disparando (ya llevan dos muertos), siguen y dentro de la línea de seguridad mueren todos a balazos por fuego del destructor y de los equipos... La barca sigue con el impulso, parando poco a poco, acercándose a la planeadora de Jhon que está al lado del casco del destructor, todos atentos hasta darse cuenta que nadie quedó vivo...

Capitán destructor—Lo único que puedo hacer es cuidar que no les pase nada y custodiarlos acompañando su navegación, hasta recibir órdenes de mis superiores. Es más, si se hunden, les tiraré salva vidas, pero sin abordar, nada más puedo hacer…

Jhon—Lo entiendo, pero tengo un hombre mal herido, solicito permiso para él Liam, ¿me oyes?

Burkana ya despierto, recostado en el suelo de la barca de Jhon, mirándose que está herido, toca su costado derecho, recoge su mano ensangrentada.

Jhon—¿Hablas mi idioma? —Al ver que da señales de sí con la cabeza, le dice—:

Estas muerto y lo sabes bien, hay solo una pequeña posibilidad de que sigas viviendo. Depende de ti si me dices todo lo que necesito saber, ¿lo entiendes? Estamos en aguas internacionales, aquí nohay ley, eso sí lo entiendes, ¿verdad? Con los desastres que hacen ustedes, así que puedo tirarte al agua, no durarás mucho con los tiburones, o disparate, elije…

Burkana—¿Qué quieres saber?

Johon—Todo…

Burkana—Los del barco, han muerto todos.

Jhon—Te hablo del avión joder, ¿lo entiendes o qué? El avión, sus pasajeros, el piloto, todo, dime todo lo que sabes.

Burkana—¡Ah!, es por eso que están aquí. —Y se sonríe…

Jhon le pisa una herida, Burkana grita.

Jhon—¿Por qué creías que estábamos aquí?

Burkana—Por el cargamento de drogas y armas en el barco que tengo confiscado.

Jhon—No me interesan tus asuntos, ¿donde están los pasajeros?

Burkana—Ok, ok, me avisan que tengo que hacer desaparecer un avión y me dan 20 hombres blancos de esclavos. Nos fuimos a la frontera, lo cortamos, lo trajimos a la fundición, lo hice lingotes y vendí todo. El piloto escuché que se compró un pueblo en Zanzíbar, y nada más, hice mi negocio y nada más…, eso es todo…

Jhon—¿Quién te encargó el trabajo?

Burkana—Al Abdalá, lo encontrarás en la frontera de Sudán del Sur. Escuché que vendió mujeres, órganos, y un tipo muy importante que iba en el avión, le pagaron con muchas armas.

Jhon—¿Y mujeres? Los 20 hombres, ¿dónde están?

Burkana—Mujeres traje dos, una se escapó y murió en el intento, la otra murió cuando dio a luz la segunda vez…

Jhon—¿Los niños los tienes tú?

Burkana—Aquí todo se vende, todo tiene un precio amigo.

Jhon—No soy tu amigo… —Vuelve a pisarle la herida del asco que le da lo que cuenta—. ¿Y los hombres?

Burkana—Después de trabajar cancelé el contrato.

Jhon—¿Los tiraste al agua?, ¿los vendiste?

Burkana—No, ya no valían, se extinguieron en la misma fundición. Ya te dije todo lo que querías, cumple tu palabra y déjame ir…

Jhon—Por último, dame la posición del barco confiscado y te irás…

Todo fue escuchado atentamente por la agencia. Jhon ordena a los suyos que se vaya, lo meten en la barca motora donde venía su segundo. Mientras lo hacen, uno del equipo pega en el casco del lado exterior, un explosivo con una pequeña antena, cosa que no logra ver la tripulación del destructor muy atenta a los movimientos. Burkana, entre los cuerpos, se hace sitio, acomodándose, pone en marcha la barca con mucha agua en su interior y proa a la costa,

35

a lo lejos se divisa un enjambre de piratas con pequeñas barcas esperándolo.

Tom—¿Hacemos bien en dejar ir a este mal nacido aunque le quede poco tiempo de vida?

Jhon—Despertó de milagro, esa herida es mortal, no llegará vivo a la costa, lo aprovecharemos…

Al fin se oficializa la operación, todo el equipo puede subir al destructor y atender a los heridos.

Ya en la sala de mandos, presentaciones hechas, Jhon le da una mirada a uno de los suyos (de la cual se percata el capitán), que disimuladamente sale a cubierta y acciona un mando, se alcanza a ver a lo lejos la barca de Burkana reuniéndose con los suyos, y una explosión muy grande donde vuelan todos a la vez, levanta una columna de humo y agua. El capitán observando el gran hongo de humo, baja los prismáticos, se acerca a Jhon y le dice en voz baja:

—No comparto sus métodos.

Jhon se marcha en silencio, mientras retoma su trabajo, disimu lando lo visto.

El dron enfoca con sus cámaras el barco confiscado, se alcanza a ver con mucha nitidez un ejército de piratas separando armas y droga en cubierta, la orden de la agencia: ¡fuego…! El dron dispara un misil que impacta en el centro del barco volando todo por los aires, la terrible explosión se ve en los radares de navegación que también logra distinguir el capitán. Le pregunta a Jhon:

—¿Qué fue eso?

Jhon—No tengo idea, capitán…

Capitán—Sabía que diría eso.

Jhon en comunicación con Charly—Ahora tenemos dos objetivos, déjame a Al Abdalá, el piloto es tuyo.

Charly—Te conseguí la caballería, pero el Pentágono asume la operación, es una zona complicada y va a haber mucho jaleo, hay que moverse rápido, con todo el ruido que has hecho, los dos objetivos huirán o se esconderán, ya saben que vamos a por ellos.

Un helicóptero evacúa a los heridos y al grupo de Jhon al portaaviones USS Abraham Lincoln, ubicado 20 nudos este del lugar.

03:00 am, hora GMT

El Pentágono da luz verde a la operación Island, con el coronel Mc Cain a cargo, parten de la Base de EE. UU. Rota Cádiz España, dos Black Hawk un grupo de Seal especializados en asaltos. La misión: extracción con vida del piloto en Zanzíbar. Portaaviones USS Abraham Lincoln, el Gral Carts, recibe luz verde del Pentágono para iniciar la Operación Justiciero, en la que participan el grupo de Jhon, 20 marines, 1 CHINOOK, 2 helicópteros Apache, y 1 Black Hawk, con destino a la triple frontera de Sudán del Sur, Etiopía y Kenia.

Island

Se observa por satélite el objetivo, una urbanización, que se define al llegar un dron, como un palacio con piscinas y muchas palmeras, campos de golf y kilómetros de playa. En su interior, guardias armados distribuidos en el perímetro. Un comando de negro y armas automáticas con silenciador, se divide tocando tierra mediante paracaídas en playa y por otra zona en el mar.

El asalto se produce rápidamente, con disparos certeros que a los guardias no les da tiempo a reaccionar. Una vez dentro del palacio, buscan al objetivo con visión nocturna y mucho sigilo hasta dar con su habitación en la primer planta, donde se encontraba visiblemente borracho y dos mujeres desnudas en ambos lados de una cama mucho más grande de lo normal.

Seal—Identificación positiva, cargamos el paquete.

Coronel Mc Cain—Recibido, evacuación urgente.

Justiciero

La comunicación fue escuchada en pleno vuelo por todo el equipo y celebrada con gritos, aplausos y júbilo, ahora faltaba lo más importante: Al Abdalá y buscar supervivientes.

Jhon—Justiciero a Island, ¿quién está a cargo?

Island—Coronel Whinter, lo escucho…

Jhon—Frecuencia privada por favor…

Cnel. Whinter—Confirme canal.

Jhon—Vamos volando al objetivo.

Cnel. Whinter—Lo sé y espero sea exitosa la misión, ¿en qué le puedo ayudar?

Jhon—Gracias, Coronel, sé que va contra las reglas, pero no hay tiempo y necesito hablar con el paquete, puede ayudar a salvar vidas, espero lo entienda y le ponga comunicación… —El coronel accede a su petición.

Cnel. Whinter—Lo estamos escuchando atentamente…

Jhon—Necesito saber dónde están los pasajeros, vamos llegando a la triple frontera de Sudán del Sur y estamos a ciegas…

Paquete—No tengo idea de qué me hablas, quiero un abogado y saber de qué se me acusa…

Jhon y el coronel largaron la carcajada al escucharlo…

Jhon—Te recuerdo que estás muerto para el resto del mundo, así que no puedes exigir nada, pero te prometo que tarde o temprano hablarás con nuestros métodos… Si te mueres, al mar y ya…, ja, ja, ja… Intentaremos por todos los medios que eso no ocurra, para que el resto de tu miserable vida sea horrendo, te lo garantizo…

Paquete—Solo fue un negocio, les di lo que ellos querían, el avión, me pagaron y desaparecí. Cambié de nombre y ya…

Jhon—¿Te pagaron con el oro que llevaba el avión?

Paquete—Sí.

Jhon—¿Y los otros pilotos, tus compañeros?

Paquete—No lo sé, iban pilotos de ellos entre el pasaje, los reemplazaron, se los llevaron y no los volví a ver.

Jhon—Mientes…

Paquete—No miento, es todo lo que sé…

Jhon—¿Qué hacían con los rehenes?

Paquete—Las mujeres a hacer niños para vender, los hombres para órganos.

Jhon—¡Habla joder!

Paquete—Hace poco escuché que alguien muy importante compró órganos.

Jhon—¿Dónde aterrizaste y adónde llevaron a los pasajeros?

Paquete—Bajé en una pista de tierra por donde vas ahora, los pasajeros no lo sé, lo dije antes.

Jhon—Tú eres piloto y manejas coordenadas mejor que nosotros, dime exactamente la localización…

Paquete—Te dije todo lo que sé, y no me propusiste ningún trato, ¿qué me das?, ¿dejas que me largue? Llévame a mi casa ahora y por ahí recuerdo algo más…

Jhon—Coronel…

Justo después de esa palabra, mientras volaban en la noche, tiran al Paquete por la puerta del helicóptero cabeza abajo atado de pies, mientras grita y pierde el control de sus músculos haciendo sus necesidades encima…

Cnel. Whinter—Jhon, Pregúntele todo lo que quiera que se lo dirá sin rodeos.

El equipo al completo se ríe y tapa la nariz del olor que lleva el Paquete, que por cierto está al borde de un infarto, mientras vuelven a ponerle comunicación…

Jhon pone canal normal mientras el Paquete da las ubicaciones, unas montañas con túneles donde estarían los rehenes (objetivo 1), y una pista de tierra a la vera de las montañas en dirección norte, convirtiéndose en una carretera donde trafican y es el feudo de Al Abdalá (objetivo 2).

Jhon—Gral. Carts, ¿ha escuchado?

Gral, Carts—Afirmativo, equipo 1 diríjase al punto 1 objetivo de alta prioridad. Equipo 2, dron detecta largo convoy en fuga hacia el norte, extraer Al Abdalá con vida, CHINOOK, descargue tropa en objetivo 2 y vuelva al punto 1, posible evacuación de rehenes.

El equipo de Jhon aterriza mientras está amaneciendo y, entre montañas, un camino despejado en el que se intuye mucho tránsito por las huellas, se dirige al pie de las mismas, una curva previa a la entrada, seis sujetos con camiones atravesados, que apenas ofrecieron resistencia al verse rodeados tras caer tres de los suyos…

Al entrar en lo que parece un túnel principal, se encuentran una caverna con una instalación de luz aérea, a lo lejos varios túneles que van en distintas direcciones, mientras van andando hacia su interior, encuentran celdas vacías, una sala con un banco lleno de sangre como si fuera una mesa de operaciones, escuchan un murmullo que proviene del fondo, que no está iluminado, a medida quese adentran es más un quejido o lamento…

Jhon grita—TODO HA TERMINADO, VENIMOS A RES-CATARLOS, DÍGANOS DONDE ESTÁN…

Encuentran 23 rehenes, 4 son mujeres en muy mal estado que, balbuceando, dicen que se llevaron a seis de ellas embarazadas en el convoy, mientras son conducidos al CHINOOK.

Jhon—Atención, preparar todos los médicos que puedan, lo más rápido posible.

Simultáneamente… Un misil enviado desde el dron impacta en la carretera donde está a punto de llegar el convoy, ocasionando la detención del mismo. Se produce el desembarco de marines de los helicópteros, fuego cruzado desde el convoy, explosiones y fugas a campo a traviesa voladas por misiles del dron.

Mucho intercambio de disparos, explosiones, una 4x4 en fuga, otro misil la hace explotar… Iba Al Abdalá… Lamentablemente no pudo extraerse con vida. Caen abatidos la mayoría de los guerrilleros, entregándose el resto, el equipo 2 toma el control de la situación después de 40 minutos de asedio, entre los que estaban lasrehenes embarazadas, que fueron rescatadas con vida.

Operador de dron y satélite—Gral., fuerzas del gobierno estatal alertadas, se dirigen a la frontera hay poco tiempo para salir de allí, no sabemos si son amigos o enemigos.

Gral. Carts—¡Salid de allí urgente, equipo 1 y 2! ¡Salid cagando ahora!, no tenemos autorización de este país…

Una semana después

Una barbacoa en un rancho a pleno sol reúne a todo el equipo y amigos, riéndose, pasándolo muy bien, celebrando la misión exitosa y la buena noticia de que su compañero se está recuperando.

Jhon a Charly Road—Misión cumplida, jefe… ¿Vuelvo a tener empleo?, ja, ja, ja.

Charly, haciéndole señas que lo siga, toma distancia del resto de asistentes…

Charly—¡Nada de eso! Aún quedan MUCHOS cabos sueltos, MUCHOS, tantos que no sé por dónde seguir…

Jhon—Lo sé…

Charly—¿Quién ordenó la operación? ¿Qué país hay detrás, que seguramente se llevó al físico, que supuestamente iba custodiado y con seguimiento satelital?, ¿iba oro? Si al piloto solo le dieron migajas y a los demás les pagaron con especias…, a esos tipos le ofreces un fusil o el doble de su valor en metálico y eligen el fusil…¿Hacertanto lío por oro?, ¿por un miserable robo? No me lo creo… ¿O ibaalgo más que no sabemos? O…, ¿alguien más? —Toma un trago de cerveza—. No paro de darle vueltas… Si el objetivo era el físico, era más fácil meterle una descarga eléctrica, reventarle el chip que en algún sitio de su cuerpo lleva implantado y secuestrarlo, con dostipos suficiente…

Jhon—Algo así pasó, el seguimiento satelital se apagó media hora antes que el dispositivo del avión…

Charly—Tiene sentido, primero controlaron los pasajeros, después desconectaron el avión. La tapadera era el vuelo comercial deuna aerolínea de bandera, por ahí hay que tirar…

Jhon—El oro pertenecía a un famoso ministro, iba en un contenedor, supongo que no muy grande, que supuestamente transportaba papeles y enceres diplomáticos. Cuando el avión hacía escala en

Suiza, lo retiraba una comisión de su embajada, exenta de controles, ¡por supuesto!, así nos informó el agente infiltrado en el país…

Charly—¿Quién es el personaje tan importante que se benefició del trasplante de órganos? ¿Cómo supo dónde encontrarlo? O esto no es trascendente y es solo para marear la perdiz… Son muchas cosas que faltan aclarar… Una operación tan compleja, con tantos intervinientes, y muy bien planeada, comandos camuflados con nombres falsos en la lista de pasajeros, pilotos, todo fríamente calculado…, ¿para qué?

Jhon—Ahí está la señal… semejante plan…, ¿dejarías en una caja todos los teléfonos y documentación de los pasajeros? Tarde o temprano lo íbamos a encontrar… o… querían que lo encontremos… Fundieron un avión, ¿no van a deshacerse de dos cajas más?

Charly—Alguien nos dejó huellas para llegar a la madriguera…, puede ser un arrepentido, un rehén, o… NOS UTILIZARON… Lo más probable…, querían que sacáramos del medio a toda la carroña que eliminamos… Por extorsión tal vez, ¿los estaban extorsionando? ¿Una traición para eliminar cabos sueltos o socios? Estamos en todas las noticias, no te olvides, y esa es la señal…, que esto recién empieza… Debe haber alguien, en alguna parte del mundo, alegrándose por la operación…

Jhon—¡Iba algo más que no sabemos! Y te digo por qué lo pienso…, un superviviente que apenas podía hablar, señalaba una fosa común, donde supuestamente estaba su hijo, algunos pasajeros y gente de ellos, guerrilleros, dijo que murieron de forma horrorosa, tuvimos que irnos muy rápido, no dio tiempo a investigar… ¡Algo hay allí! Por ahí veo el camino a seguir, o bien puede darnos pistas… Hay que volver por los cadáveres y repatriarlos donde toque… Que el gobierno de ese país lo autorice sin más y así ir tranquilamente…

Charly—Puede que tengas razón, pero no creo que sus autoridades no sepan nada…, no se puede ocultar un avión con tanta logística… Además, saben que volveremos, aunque no de qué manera, tendrán tiempo para deslocalizar la fosa y montar un señuelo… suponiendo que tienen interés en ocultarlo y, además, aunque lo autoricen, cuando estemos allí, no sabremos quién viene a por nosotros… Deben estar mosqueados…

Jhon—No deberíamos darles tiempo, no hay que ser previsibles…

Charly—Es tu trabajo a partir de ahora… Ja, ja, ja… Bienvenido jefe…, Ja, ja, ja… —Levantando la mirada hacia los asistentes, sonriendo y a viva voz—: ¡Ahora a festejar el excelente trabajo quehan hecho!

Mientras tanto, a mucha distancia de allí

En una ventana muy alta de Dubái con vistas paradisíacas, se alcanza a ver en su interior una pantalla gigante con las noticias, imágenes y explosiones de la operación. Un hombre de avanzada edad, cuyo rostro sonriendo no se distingue bien, solo su mano con un anillo muy importante, sosteniendo una copa de champagne, brindacon una mujer…

http://www.massivedeceit.com/

Aclaración importante

Los sitios geográficos están inspirados en lugares reales e inexistentes. Los personajes, nombres, argumentos y hechos narrados enesta historia son pura ficción, cualquier parecido con la realidad esmera coincidencia.

Autor, Jorge R. Tonietti

www.ingramcontent.com/pod-product-compliance
Lightning Source LLC
Chambersburg PA
CBHW060917130726
48001CB00006B/2279